L'OPINION,

POËME

EN VINGT-QUATRE CHANTS.

Les formalités voulues par la loi ayant été remplies, je déclare que je poursuivrai, devant les tribunaux, tout editeur, contrefacteur et colporteur de cet ouvrage, et ne reconnaîtrai, pour véritables, que les exemplaires qui seront revêtus de ma signature.

Paris, ce ⁓   1821

Note de l'éditeur.

A dater du 1er. mai prochain, et ainsi de suite de mois en mois paraîtront les XXII autres Chants deux par deux, jusqu'au compliment du poëme annoncé qui formera 2 vol in-8° , chacun de 400 pages au moins.

DE L'IMPRIMERIE DE POULET,

Quai des Augustins, N°. 9.

L'OPINION,

POËME

EN VINGT - QUATRE CHANTS.

Par A.-A. DE BEAUFORT D'AUBERVAL,

Auteur de *la France fière d'elle-même*, du *Paresseux*, du *Méfiant*, Comédies en 5 actes et en vers et de plusieurs ouvrages imprimés en France et chez l'Etranger.

> Pour la celebrite vous qui prenez le bruit,
> Je vais vous signaler, l'Opinion l ordonne.
>
> *Chant premier p* 14.

A PARIS,

Chez l'Éditeur, rue Neûve-des-Capucines, N°. 6.

1821.

L'OPINION.

POËME

EN VINGT-QUATRE CHANTS.

CHANT PREMIER.

EXPOSITION.

Reine de l'univers, Opinion sublime ,
Toi, qui commandes tout et qui n'obéis pas ;
Règle du citoyen, règle des potentats,
Qui donnes aux vertus leur part dans ton estime ,
Et réserves l'opprobre aux brillans scélérats ;
Fais rougir le clinquant de chaque fanatisme
Devant l'or épuré du vrai patriotisme ,
Ce père des héros, le ciment des états !

Brise, en le foudroyant, le sceptre du sophisme,
Montre-toi toute nue avec la vérité,
Dont l'homme vertueux chérit tant la lumière ;
Arrache à l'imposteur sa gloire mensongère ;
Dépouille l'intrigant de l'éclat emprunté,
Qui suit le faux orgueil fils de la vanité !

Apprends à l'ignorant la magique influence,
Les ressorts, le pouvoir de ta divine essence ;
Comme tu sais juger les hommes et les rangs,
Et combien sont petits à tes yeux tant de grands !

Que les lettres, les arts et la cour et l'armée.
Que les bons citoyens, ennemis des tyrans,
Sachent qu'à ton signal vole la renommée ;
Que, d'un seul mot, tu peux tout nouer et tout rompre ;
Qu'on peut te conquérir et jamais te corrompre.

Sainte fille du temps, non de l'occasion,
Toi-même, expliques-nous ce qu'est l'opinion ;
Comment l'homme abusé par tant de faux prodiges,
Trop long-temps ébloui par de brillans prestiges,
A pris pour vrai le faux, pour causes les effets,
Et pour quelques vertus quelques heureux forfaits.

Redis au monde entier soumis à ta puissance
Les bienfaits éclatans de ta source émanés ;
Que tombent à tes pieds tous les fronts couronnés ,
Et que , sans ton aveu , tels rois que l'on encense ,
Ne sont pas immortels parce qu'ils sont nés rois ;
Que nul être ne peut se soustraire à tes lois ;
Qu'il faut te captiver par l'éclat du mérite ,
Que l'utile talent et que les dons du cœur
Obtiennent près de toi des marques de faveur ;
Que ton œil clairvoyant pénètre l'hypocrite ;
Que rien ne te subjugue , et que , pour te gagner ,
Lorsque l'on tient un sceptre il faut savoir régner.

Des réputations , immortelle courrière,
Vengeresse des droits de chaque citoyen,
Aux hommes renommés qui font le plus de bien ,
Toi seule , en les suivant dans leur vaste carrière,
Du temple de la gloire ouvriras la barrière.
Tel est l'arrêt du ciel et tel est ton destin.
Opinion ! sans toi , tout est vague , incertain ;
On ne voit que le vrai partout où tu te trouves,
Et le bien n'est le bien qu'autant que tu l'approuves.

La gloire de commande éclipsée à ta voix
Rentre dans le néant : tu le veux , tu le dois ;

Et le pâtre ignoré, qui vécut honorable
Et mourut vertueux, te paraît préférable
A l'inutile faste, à la foule des rois
Dont les noms, en traits d'or, sont gravés dans l'histoire
Par le burin vénal d'un flatteur avili.
Tu n'admets que l'honneur, la véritable gloire,
Et ton vote, par l'or, ne peut être sali.

Gémis de nos erreurs, pleure sur nos faiblesses ;
Les hommes sont si vains et si jaloux d'honneurs !
De leur corruption naissent des corrupteurs,
Et la vénalité proclame leurs largesses.

De là, tous les fléaux de la séduction
Qui siège en souveraine à nos aréopages ;
De là, tous les rejets de nos lois les plus sages,
Les abus du pouvoir et la proscription.

Ces privilégiés ennemis de la France,
Adulateurs vendus à la toute puissance,
N'ont pas, avant d'agir, fait la réflexion
Qu'ils ne peuvent avoir pour eux l'opinion.
Que leurs actes, blâmés par ce juge inflexible,
Dont le vote est connu pour être incorruptible,
Les couvre du mépris des siècles à venir ;

Et que , du présent même en se faisant haïr ,
Le remords est pour eux un serpent invisible
Qui les noue et les serre en ses plis et replis
Et chasse le sommeil de leurs coupables nuits.

Ils siégent sur les bancs de la législature
Tous ces double-mains-là , tous ces caméléons !
On les cite pourtant à l'égal des Catons ;
Et la raison , envain , terrassant l'imposture ,
Ils trouvent des prôneurs de leur duplicité !
S'agit-il d'une loi propice à la patrie ?
Au nom du Roi , des leurs , le vote est rejeté ,
Et l'équité souvent par leur joie est honnie.

Est-ce l'opinion qui dicte leurs décrets ?
L'amour de leur pays ? non , leurs seuls intérêts !

Ils ont devant leurs yeux les succès du courage ,
Les peuples éclairés , l'héroïsme du sage ,
Le règne passager du pouvoir absolu ,
Le problême des rois par les rois résolu,
La vengeance publique et son sanglant ravage ,
Et le temps achevant tout ce qu'il a voulu.

Des sermens violés ils connaissent les suites ;
Combien peu d'un despote on craint les satellites,
Quand l'excès est au comble, et quand la liberté
Centuple la valeur d'un peuple révolté,
Réclamant de ses droits l'auguste garantie
Aujourd'hui reconnue et demain démentie ;
L'Espagne prouve un fait par eux seuls contesté,
Que sans l'appui des lois tombe la monarchie :
Ils savent comme on peut éviter le retour
Des révolutions possibles dans un jour,
Dans un seul jour peut-être !... Et leur âme barbare
Prévoit des maux si grands, et n'en est pas avare !

Esclaves avilis par vos votes vendus,
Fiers de votre esclavage et de vos droits perdus,
De par l'opinion, de par toute la France,
Entendez votre arrêt, votre juste sentence :
Quelque soit votre soit, l'éclat de vos faveurs,
L'opprobre vous attend au faîte des grandeurs.
L'orage préparé dans le sein des tempêtes,
Préparé par vous seuls, tombera sur vos têtes ;
De réparer le mal il ne sera plus temps ;
Vous le pouvez encor, profitez des instans.

Du tableau politique enfoncé dans les ombres,
Utile observateur, assis sur des décombres,
Le sage, loin du bruit, de l'intrigue des cours,
Dévoué, par instinct, au bien de sa patrie,
De la lumière offrant le génereux secours,
Va de l'opinion suivre partout le cours,
Signaler la louange, estimable ou flétrie,
Dont les siècles passés et le siècle présent
Peuvent avec raison s'honorer ou se plaindre,
L'historien exact, l'écrivain complaisant,
Ce que du temps sévère on doit attendre ou craindre,
Approuver ou blâmer telle célébrité,
Rendre à chacun le sien, peser dans la balance
Du jugement public et de la vérité,
La valeur, le talent, les vertus, la science,
Et tout ce qu'on a trop ou pas assez vanté.

Les ravages du temps, les fléaux de la guerre,
De ruines, de maux, ont inondé la terre;
Leurs désastres fameux n'ont pû tout dévorer.
Destructrice de tout, la mort impitoyable,
Malgré l'éternel deuil de son sceptre immuable,
Voit les êtres mourir, naître et se recréer,
Et des arts, des talens, le concours admirable.

De la société, l'utile accroissement,
Le bonheur des Etats, leur agrandissement,
Tout dépend des efforts du sublime génie
Triomphant de la mort et de la calomnie.
Chaque peuple lui doit et son culte et ses lois,
Ses probes citoyens et ses vertueux Rois ;
De tant d'inventions les effets salutaires,
Des ténèbres l'exil et l'éclat des lumières.

L'homme est entreprenant et d'un esprit actif ;
De là, de ses travaux le progrès successif,
Les miracles féconds de la riche industrie,
Les sages, les héros, splendeur de la patrie,
Des Grecs et des Romains les chefs-d'œuvre divers
La grandeur des cités, la majesté des temples,
Des hommes courageux les sublimes exemples
Qui les font proclamer l'amour de l'univers.

Mais avant d'arriver au faîte de la gloire,
Avant de mériter un poste si flatteur,
Combien ont usurpé leur place dans l'histoire
Que l'opinion chasse avec son fouet vengeur ?

Dans l'immortalité méritez-vous de vivre,
Vous que l'opinion ne cesse de poursuivre,

Hypocrites sacrés, vous, augures cruels,
Druides altérés du sang de vos semblables,
Vous, qui faites trafic du culte des autels,
Ministres corrompus de tyrans exécrables,
Perfides conseillers de princes criminels
Que vous entretenez dans leurs penchans coupables?
Non certes, et pourtant tous vos noms sont cités,
Malgré le souvenir d'une foule de crimes,
De mensonges, auteurs de nos calamités,
Malgré tant de bourreaux, malgré tant de victimes,
En politique encor vos talens sont vantés!
Vous êtes exécrés de tous tant que nous sommes,
Et le burin vénal de vils historiens,
La honte et le mépris de leurs concitoyens,
Vous a mis sans pudeur au nombre des grands hommes;
Mais par le temps le voile est enfin déchiré,
Et la boue a couvert votre buste abhorré.

Il n'en est pas ainsi, malgré quelques faiblesses,
D'estimables guerriers, de vrais législateurs.
L'opinion sur eux répandant ses largesses,
Les montre à l'univers comme des bienfaiteurs,
Et leur rend hautement l'hommage et la justice
Que n'obtiendront jamais l'intrigue ni le vice.

Auguste vérité! j'implore ton secours,
Toi, sans qui rien n'est bien, des Rois tant redoutée,
Des siècles, avec moi, viens suivre le long cours;
Que ta voix par la mienne enfin soit écoutée!

L'univers, ébloui par un éclat trompeur,
A subi tant de chocs, tant de métamorphoses,
A fléchi tant de fois sous le joug de l'erreur,
Qu'il n'a pu bien juger des hommes et des choses;
Il est temps de sonder les réputations,
Et de montrer le but de telles actions,
Qu'ignore ou juge mal la masse du vulgaire,
Qu'égare à chaque pas le faux jour qui l'éclaire.

Pour la célébrité vous qui prenez le bruit,
Je vais vous signaler, l'opinion l'ordonne.
Académiciens, que le bon goût couronne,
Législateurs, prélats, que l'univers chérit'
De vos peuples l'amour, monarques bons et sages,
Dont les douces vertus gagnent tous les suffrages!
Ne vous effrayez point de ma véracité,
Si vous vous survivez, vous l'avez mérité.

Mais vous, usurpateurs de votre renommée,
Qui, de gloire, achetez une vaine fumée,

Voulant ne pas mourir, comme on dit, tout entiers
Je dois et vais changer en chardons vos lauriers;
Je vais montrer à nu le hideux de vos vices,
Ternir tout le brillant de vos vertus factices,
Prononcer votre arrêt des mains du temps écrit :
L'opinion vous voit, vous juge et vous proscrit.

FIN DU CHANT PREMIER.

CHANT DEUXIÈME.

LES PEUPLES.

Peuples, apparaissez ! l'univers vous contemple ;
Nés pour vous entr'aider, élevez tous un temple
Au Dieu qui vous créa pour cette liberté,
Image de lui-même et de Sa Majesté.
Marchez au même but, au bonheur véritable ;
L'homme apporte en naissant l'amour de son semblable :
La Nature lui dit qu'il doit s'en rapprocher ;
Il faut, à la douleur, un cœur pour s'épancher ;
Le plaisir qu'on prend seul est demi-jouissance,
Et l'intimité meurt faute de confiance.

Tendre rapprochement, chez tout mortel inné,
Conseillé par le cœur, par le ciel ordonné,
Sainte amitié ! tes dons, tes secours tutélaires,
Des peuples différens font des peuples de frères,
Et l'ordre du destin voulut, vivant entr'eux,
Qu'ils fussent libres, forts, actifs et généreux,

Qu'ils formassent gaîment, sous la loi naturelle,
De soins prêtés, rendus, une chaîne éternelle,
Et que, s'entr'aidant tous dans l'ordre qui les range,
Ils fussent tous heureux par un si doux échange.

Mais par ses passions l'homme tyrannisé,
Rebelle au Créateur qui l'a favorisé,
Pour perdre le repos au trouble ouvre un asile,
Pour des succès brillans quitte un bonheur facile,
Cherche loin de lui-même, et par des maux divers.
Des crimes, des combats, la misère et les fers.
Hélas ! né vertueux, l'homme était admirable,
Une fois criminel, l'homme fut misérable.

L'horrible perfidie et le vice honteux,
Aux mœurs qu'il outragea le rendirent hideux,
A ses yeux dégradé, le remords le rappelle
Aux penchans vertueux auxquels il fut rebelle.
Delà tous les succès de son courage altier,
Delà l'homme savant, philosophe et guerrier.

Peuples confusément dispersés sur la terre,
Unis et divisés par divers intérêts,

Le besoin vous commande, et son sceptre arbitraire
Soumet, d'un pôle à l'autre, Empereurs et sujets.
Libres vous êtes nés, et je ne vois qu'entraves,
Que piéges sous vos pas, dont on a fait des lois ;
Je ne vois que poltrons salarier des braves,
Que gens déshonorés décimer à leur choix.
L'industrie et l'honneur de cent peuples esclaves,
Dont, en les égorgeant, ils se sont créés rois.

D'où vient donc tant d'orgueil, d'impudeur et d'audace ?
O peuples ! de vous seuls. Quoi ! vous demandez grâce !
Je vous vois supplians, opprimés, enchaînés !
Les droits qui sont à vous, qui sont avec vous nés,
Arrachés de vos mains par la force et l'adresse,
Accusent le pouvoir né de votre faiblesse,
Et réclament les droits de votre liberté ;

Et vous demeurez sourds à leur voix éloquente,
A la raison qui parle, au mal qui vous tourmente ?
Vous ne rougissez pas de tant de lâcheté ?
Vous semblez orgueilleux de votre dépendance ?

L'oubli seul de vos droits fit la toute-puissance ;
Sans cet oubli jamais un Roi n'eut existé.

Vous êtes nés de Dieu ; de sa divine essence
Vous tenez la fierté d'une libre existence ;
Tous vos biens sont de lui, tous vos maux sont de vous ;
Un mauvais Roi suffit pour les augmenter tous.

Remontez à ces temps où , sans législature ,
Vous suiviez librement l'instinct de la nature ,
Où le besoin commun faisait de l'univers .
Sous le même soleil , dans des climats divers ,
Une société bienfaisante et chérie ,
Une même famille , une même patrie :
Existait-il des Rois ?... Le premier qui régna
Pour s'approcher de Dieu , de l'homme s'éloigna ;
Il osa mesurer la distance infinie
De l'être au Créateur : cette révolte impie
De fléaux éternéls couvrit le monde entier ,
Et de l'ambition se fraya le sentier.

A tous ses successeurs, ce premier Roi coupable
Transmit l'affreux pouvoir , le droit épouvantable
De représenter Dieu de ses foudres armé ,
A volonté tonnant sur maint peuple opprimé ,
En fondant sur l'effroi le despotisme infâme.

Contre un droit usurpé votre raison réclame ;
Peuples agenouillés, enfin relevez-vous !
Les Rois n'existaient pas, que vous existiez tous ;
De respecter vos droits qu'ils vous fassent la grâce,
Qu'ils assurent leur trône et l'éclat du pouvoir,
Par d'utiles vertus qu'ils s'honorent d'avoir !
Que le mal fait par eux par le bien se remplace !
Des peuples et des Rois qu'ils serrent l'union !
Ainsi l'ont résolu le temps, l'opinion. —

Quand l'Eternel d'un mot eut créé tous les mondes,
Quand d'un souffle divin il eut tout animé,
Quand il eut sur la terre, au ciel et dans les ondes,
Réglé par ses décrets ce tout de rien formé,
A l'homme qu'il doua d'esprit, d'intelligence,
De force, de courage, et de mille vertus,
De tous biens il permit la libre jouissance,
Tant qu'il conserverait sa première innocence ;
Le péché ravit tout à ses sens abattus,
Et du mal et du bien la dure expérience,
Le livrant au danger de la tentation,
Le soumit au pouvoir de son ambition.

Du paradis perdu cherchant partout les charmes,
Regrettant le bonheur qui lui fut destiné,

Par le bien, par le mal, tour à tour entraîné,
Il acheta souvent le plaisir par les larmes,
Et de chêne robuste il devint un roseau ;
Jouet des passions, battu par les orages,
Voguant au gré des vents comme un frêle bateau,
Il ne surgit au port qu'après mille naufrages.

Pour s'approcher de Dieu qui s'éloigna de lui,
Il bâtit des autels, lui porta sa prière,
Chercha dans sa raison qui l'égare et l'éclaire,
Des consolations, des secours, un appui ;
Dans le fond de son cœur il trouva l'espérance,
Contre-poison certain du désespoir affreux,
Don céleste, que Dieu réserve au malheureux,
Pour charmer sa douleur, soulager sa souffrance,
Et lui montrer la vie au-delà du trépas.

Hommage à l'espérance ! elle naît avec l'homme,
Vit avec lui ; meurt-il, ce n'est qu'entre ses bras.
On croit ne plus souffrir du moment qu'on te nomme.
Espérance ! soutien de la fragilité,
Chez les peuples qui sont, qui seront, ont été
Au nombre des vertus, dont tout mortel s'honore,
On place tes deux sœurs, la Foi, la Charité,

Dont les pieux secours, du couchant à l'aurore,
Rapprochent le mourant de la Divinité.

L'homme pouvait assez, avec ces trois mobiles,
De la nature humaine accumuler les biens,
Sans vouloir ajouter de nouveaux maux aux siens,
En se forgeant encor des besoins inutiles.

Lorsque la terre ouvrit ses trésors au travail,
Les prés furent ornés de verdure et d'émail ;
Les champs dorés d'épis montrèrent leur parure,
Et l'art, se mariant aux dons de la nature,
Des vergers, des jardins, chargés de fleurs, de fruits,
Régla, sous l'œil du goût, le charme et les produits.

Que fallait-il de plus aux besoins de la vie ?
L'homme, de son bonheur n'avait-il pas assez,
Sans se créer des maux l'un sur l'autre entassés,
Tous enfans du mensonge et de la perfidie ?
Devait-il donc servir l'ambition, l'envie,
La haine, l'avarice, et cette vanité,
Mère du faux orgueil, des rangs, des priviléges,
Révoltant appanage, attributs sacriléges,
De l'aristocratie et de l'autorité ?

Vous êtes bien déchus de votre indépendance,
Des droits de la nature et de vos biens premiers,
Peuples, partout soumis à la toute-puissance
Qui récolte par vous des moissons de lauriers !
Pour vous seuls est la peine, et pour elle est la gloire,
Vous êtes attelés à son char de victoire :
Artistes, artisans, laboureurs et guerriers,
Nés tous pour être heureux, je vous vois tous souffrir !
Enfans du même père, ô vous même famille !
Pourquoi vous diviser et ne pas concourir
Au bonheur général fait pour vous réunir ?

Des fausses dignités l'éclair passager brille ;
En frappant votre vue il s'étonne, éblouit ;
Mais le foudre caché dans un brûlant nuage
Porte avec lui la mort qui tombe avec l'orage.
Le sage, sans le craindre, en silence jouit,
Se soustrait à ses coups et brave son ravage.
Imitez donc le sage, agissez comme lui :
Qui sait suffire à soi n'a pas besoin d'autrui.

Mais des vices brillans les séduisans prestiges
De votre liberté détruisant les vestiges,

Ont augmenté vos maux, centuplé vos besoins ;
Vous vous êtes créé de complaisans témoins
Du cours tumultueux d'une vie orageuse :
L'orgueil de dominer s'est glissé dans vos cœurs,
A la simplicité de vos premières mœurs,
Vous avez préféré la pompe fastueuse
De la grandeur des rois, de leur cour dédaigneuse.

L'âge patriarchal de vos anciens pasteurs,
Vos pères, vos amis et vos législateurs,
Disparut tout à coup sous des chefs et des maîtres,
Qui, modestes d'abord, devinrent insolens,
Envahirent le globe en cruels conquérans ;
Et si vous connaissez tant d'ingrats, tant de traîtres,
Tant de grands criminels, on le doit aux tyrans.

Le temps, déjà si loin de l'enfance du monde,
Peuples, vous le savez, ne rétrograde pas ;
Mais son expérience, en bien toujours féconde,
Vers un juste équilibre ose et doit faire un pas.

A vos besoins créés par vos mœurs inconstantes,
Peuples, sacrifiez vos veilles et vos jours ;

Suivez, suivez du temps le ravage et le cours,
Fixez vos droits et ceux des races dominantes.

Ne vous lassez-vous point de vous donner des fers,
De les briser un jour pour un jour les reprendre ?
Profitez des leçons de cent peuples divers :
De votre rang que Dieu marqua dans l'univers,
Sachez être assez fiers pour ne jamais descendre.

Des révolutions les succès, les revers,
Sont une vaste étude où chacun peut apprendre
Que l'intérêt commun doit passer avant tout ;
Que le mortel hardi qui pour lui seul se fronde,
Qui règle ses desseins sur sa force et son goût,
Est l'ennemi des lois et le tyran du monde.

A tout dominateur sans honneur et sans foi
Qui veut diviniser sa puissance nuisible,
Qui, pour paraître grand, s'élève sur la loi,
Peuples, présentez tous une digue invincible!

Tout être ambitieux, en opposition
Aux lois de la nature, aux lois de la sagesse,

Quel que soit son crédit , son élévation ,
Doit armer contre lui la terre vengeresse
Qu'abuse hautement sa criminelle adresse ;
Que son nom soit flétri par l'indignation
Des peuples, et du temps et de l'opinion !

Gouvernans répandus sur l'univers immense ,
Voulez-vous mériter le respect et l'amour ,
Des utiles vertus la noble récompense ?
Soyez justes et bons ; chassez de votre cour
Ces intrigans vendus à la bassesse , aux vices ;
Des peuples vous serez les plus chers délices ;
Ils serviront l'honneur, jamais l'ambition :
Fiers de leurs droits fondus dans ceux de la couronne ,
Vous les verrez toujours prêts à mourir pour vous ;
De vous aimer, vous plaire, empressés et jaloux ,
Ces peuples, favoris de Thémis, de Bellone ,
Commanderont l'estime et l'admiration ;
Vous ne régnerez plus sur des troupeaux d'esclaves ;
Vous obtiendrez l'aveu des sages et des braves ,
Celui de votre siècle et de l'opinion.

FIN DU CHANT DEUXIÈME.